Wiehnachten kann komen!

Geschichten und Gedichte rund um das Weihnachtsfest

Impressum
2016 © by Cobra Verlag
Inhaberin: Silke Hars
Rotschenkelweg 8
25813 Husum
Telefon: 0 48 41 - 66 22 866
Telefax: 0 48 41 - 66 22 989
E-Mail: cobraverlag@web.de
Internet: www.cobraverlag.de

Idee, Foto & Umsetzung: Silke Hars

Druck und Bindung: Dräger + Wullenwever
ISBN 978-3-937580-84-5

Inhalt

Wiehnachtsmann, kennst du mi?	4
Wiehnachten steiht nu wedder vör de Döör!	5
Der Weihnachtsball	6
Ein guter Deal	7
Eine teure Weihnachtsfeier	8
Bauernschlau	9
Dat niee Wiehnachtsleed	10
Dinkelplätzchen	*12*
Mamas Nussplätzchen	*13*
Silkes Lieblingsplätzchen	*14*
Rummelpott	15
So kann man zusammen alt werden	16
Die liebe Medizin	17
So kann man das auch sehen	18
Rache ist süss	19
Das Teepunschlied	20
Weihnachts-Walnusskuchen	*22*
Zimtpätzchen	*25*
Zimtfutjes	*26*
Gute Logik	30
Spekulatius	*31*
Nusshupen	*32*
Dor liggt een lütt Huus	35
Mien Mama	36
Mürbeteigplätzchen	*40*
Wo sie recht hat, hat sie recht!	41
Ja, die Weihnachtstage, die sind lustig	42
Nuss-Lieblingsplätzchen (ohne Mehl gebacken)	*44*
Butternüsschen	*45*
Ach, du lieber Nikolaus	46
Kumm her na mi	47
De Wiehnachtsmann	48
Das Orchester	49
Der Weihnachtsmann kommt	50
Dattelhäufchen	*51*
Weihnachts-Kaffeetorte	*52*
Kleine Probleme	54
Leve gode Wiehnachtsmann	55
Der rote Mann	60
Kintjes-Tüch	*62*
Wi wööt uns nix schenken!	64
Unser Norden	65
Rut ut de Puuch	66
Sahne-Likör	*68*
Dat ole Johr is nu vörbi!	71

Wiehnachtsmann, kennst du mi?

Wiehnachtsmann, kennst du mi?
Ik bin gor nich bang vör di.

Vadder seggt, du sleist mi,
Mudder seggt, du eist mi.

Un ik glööv, wat Mudder seggt,
du bis doch 'n gooden Knecht.

Wiehnachten steiht nu wedder vör de Döör!

Wiehnachten steiht nu wedder vör de Döör,
dat kummt ümmer so överraschend, so`n Malheur.
Nu geiht dat los, dat överleegn, dat besorgen,
wat schöt wi schenken, wat hett Tied bit morgen.
Also Zeddel schrieven un gau af to Stadt,
rin in de Bank, dat Konto leer moken, ik bin all satt.
Een Brilli, een Handy, een Popp, een Dessous,
ik meen, dat reckt doch, oder wat meenst du?
Also, Wiehnachten kann komen, dat is mi nu kloor,
wat ik düt Johr nich schaff heff, gifft eben nächstet Johr.

Silke Hars

Der Weihnachtsball

Hannes und Emma gehen zum Weihnachtsball. Es ist wunderschön.
Es wird viel getanzt und gelacht. Um Mitternacht geht Hannes
auf die Knie und fragt seine Liebste: „Willst du mich heiraten?"
„Ich verdiene zwar nur eintausend Euro im Monat.
Liebling, wirst du damit auskommen?"
Emma: „Zur Not schon, mein Schatz, aber wovon willst du denn leben?"

Ein guter Deal

Es ist Adventszeit. Peter fragt seine Mama: „Ich möchte gerne Weihnachtsgeschenke kaufen, habe im Moment aber gar kein Geld. Würdest du mir bitte 50,- Euro leihen und mir davon aber nur 25,- Euro auszahlen?"
„Ja Peter, aber warum soll ich dir nur 25,- Euro auszahlen!"
„Also Mama, wenn du mir 50,- Euro leihst und nur 25,- Euro auszahlst, dann schuldest du mir 25,- Euro. Ich wiederum schulde dir ebenfalls 25,- Euro, uns somit sind wir quitt."

Eine teure Weihnachtsfeier

Vier Freunde gehen zu einem Weihnachtsessen in die Stadt. Es gibt gutes Essen, viel zu trinken, es wird viel gelacht und gefeiert. Gegen vier Uhr morgens liegt nur noch einer der Freunde fast quer über den Tisch. Zwei Kellner sind schon am Aufräumen.
„Wann geht der dann endlich?" fragt der eine Kellner seinen Kollegen.
„Wenn ich nicht irre, hast du ihn schon viermal geweckt."
„Richtig. Und jedes mal, wenn ich ihn wecke, verlangt er die Rechnung und zahlt. Lass ihn man ruhig noch etwas liegen."

Bauernschlau

„Was meinen Sie, Herr Rechtsanwalt Giebler?" fragte Bauer Jessen, soll ich dem Herrn Richter eine schöne fette Gans schicken?"

„Sie sind wohl verrückt, was? Sie wollen den Prozeß verlieren, bevor er beginnt?"

Bauer Jessen gewinnt unverhofft den Prozeß. Beim Verlassen des Gerichtssaales strahlt er:

„Ich habe dem Richter doch eine fette Gans geschickt."

„Das ist nicht möglich!" meint Rechtsanwalt Giebler.

„Na klar. Aber ich habe das unter dem Namen des anderen getan."

Dat niee Wiehnachtsleed
(nach der Melodie von „Dat Leed vun de Pastor sien Koh")

Keent ji all dat Wiehnachtsleed, Wiehnachtsleed, Wiehnachtsleed,
wat dat ganze Dörp all weet
vun de Wiehnachtsmann sien ho.
Jo, sing man to, sing man to,
vun de Wiehnachtsmann sien ho, ho, ho!
Sing man to, sing man to, vun de Wiehnachtsmann sien ho.

Un de Bort is witt un lang, witt un lang, witt un lang,
treck mol dran un wees nich bang.

Un de ole Nikolaus, Nikolaus, Nikolaus,
levt na Wiehnachten in Saus un Braus.

Un de Esel in de Stall, in de Stall, in de Stall,
haut mit de Fööt un mokt Krawall.

Un de Elche sünd so schlau, sünd so schlau, sünd so schlau,
hau'n op'n Putz un moken blau.

De Wiehnachtsmann is nu ganz platt, nu ganz platt, nu ganz platt,
hoch liggt de Snee un dat is glatt.

Dat Wiehnachtseeten, Goos un Hohn, Goos un Hohn, Goos un Hohn,
dat is mi bös op`n Moogen schlaan.

Un de Dannboom groot un gröön, groot un gröön, groot un gröön,
dat glööv mi man, wat is de schön.

Un de Sack de is nu leer, is nu leer, is nu leer,
hau man rop, dor kummt nix mehr.

Silke Hars

Dinkelplätzchen

Zutaten:
1 Bio-Orange, 200 g Butter, 175 g Puderzucker, 400 g Dinkelmehl,
1 Eigelb, 2 Esslöffel Milch

Zubereitung:
Die Bio-Orange fein abreiben. Die abgeriebe Orangenschale mit der Butter, dem Puderzucker, einem Eigelb, zwei Esslöffel Milch und dem Dinkelmehl in eine Schüssel geben und mit den Händen zu einem Teig kneten. Den Teig einige Stunden in den Kühlschrank stellen.
Den Teig danach auf einer dünn bemehlten Fläche dünn ausrollen und Formen ausstechen.
Diese auf ein mit Backpapier ausgelegtes Backblech legen
In den auf 180° C Ober- und Unterhitze vorgeheiztem Backofen schieben und ca. 10 Minuten backen.

Mamas Nussplätzchen

Zutaten:
125 g Butter, 125 g Margarine, 190 g Zucker, 375 g Mehl,
125 g gemahlene Haselnüsse, ¼ Teelöffel Hirschhornsalz

Zubereitung:
Alle Zutaten in eine Schüssel geben und verkneten. Dann zu Rollen formen und die Teigrollen für zwei Stunden in den Kühlschrank stellen. Danach kann man sehr gut nicht so dicke Scheiben von den Teigrollen mit einem scharfen Messer abschneiden. Diese legt man auf ein mit Backpapier ausgelegtes Backblech. Im auf 200° C Ober- und Unterhitze vorgeheiztem Backofen je nach Teigdicke 10 – 15 Minuten backen.

Silkes Lieblingsplätzchen

Zutaten:
225 g Butter, 120 g Puderzucker, 1 Eigelb, 225 g Mehl, 100 g gemahlene Mandeln, 1 Esslöffel Backpulver

Zubereitung:
Die zimmerwarme Butter mit dem Puderzucker und dem Eigelb cremig rühren. Mehl mit dem Backpulver vermischen und mit den gemahlenen Mandeln dazu geben. Den Teig in einen Spritzbeutel ohne Tülle geben und Häufchen auf ein mit Backpapier ausgelegtes Backblech setzen. In den auf 175° Ober- und Unterhitze vorgeheiztem Backofen schieben. Ca. 10 Minuten backen.

Rummelpott

Fruu, makt de Döör op,
de Rummelpott will rin.
Dor kummt een Schipp vun Holland,
dat hett een goden Wind.
Schipper, willst du wieken?
Schipper, willst du strieken?
Sett de Segel in de Top
un giff mi wat in de Rummelpott.

Ik seech de Schosteen roken,
de Disch, de wär schön deckt,
mit luder Appelkoken,
de swimmen in dat Fett.
Sünd se beeten kleen,
so gift dat twee för een!
Sünd se`n beten groot,
so hett dat ok keen Not!
Lat mi nich so lange stahn,
denn wi wüllt noch wieder gahn.

So kann man zusammen alt werden

Sanna und Frank sind am 1.Advent seit fünfzig Jahren verheiratet und feiern die Goldene Hochzeit.
Es erscheint ein Mitarbeiter der Zeitung bei den beiden zuhause um einen Bericht für die Leser zu schreiben.
Sanna und Frank, das Goldpaar, sitzen im Sofa. Erst einmal werden Fotos gemacht. Dann die entscheidene Frage des Mitarbeiters:
„Wie haben sie es nur geschafft, fünfzig Jahre so glücklich miteinander zu sein?"
„Ja", sagt Sanna, „das können wir Ihnen gerne erzählen. Wir haben einen unkündbaren Vertrag vor fünfzig Jahren geschlossen: Von morgens bis mittags tue ich, was ich will. Und von mittags bis zum Abend tut mein Mann, was ich will."

Die liebe Medizin

Kalle Jensen, der bei der Weihnachtsfeier zu tief in das Glas geschaut hat, hat arge Kopfschmerzen und will zum Arzt.
„Wegen so etwas geht man nicht zum Arzt!" tadelt ihn sein Freund Peter.
Aber Kalle Jensen meint mit ernster Miene:
„Das verstehst Du nicht, der Arzt muss auch leben.
Er bekommt vom Arzt ein Rezept und geht damit zur Apotheke.
„Du bist verrückt", sagt Peter, „dein Kopfweh wird auch so vergehen!"
Kalle antwortet: „Ach was, der Apotheker muss auch leben!"
Kaum hat er mit der Medizin die Apotheke verlassen, schüttet er sie in den Straßengraben.
Peter ruft entsetzt:" Herrje, die teure Medizin!"
Darauf Kalle, ganz entrüstet: „Na, was denn! Ich muss doch auch leben!"

So kann man das auch sehen

Vater und Sohn sitzen am Frühstückstisch.
Der Vater möchte gerne, dass der Sohn sich
eine Lehrstelle sucht.
„Für mich ist es jedenfalls ein Vergnügen,
arbeiten zu dürfen", sagt der Vater.
„Siehst du", sagt der Sohn, „ich bin eben
nicht der Meinung, dass wir zum
Vergnügen auf der Welt sind".

Rache ist süss

Bauern sind Herren ihrer Scholle und haben es nicht gern, wenn Fremde ihr Land betreten. So ist Karl Meier etwas ungehalten, als er einen solchen auf seinem Feld antrifft.

„Ich habe die behördliche Genehmigung des Katasteramtes", erklärt der Beamte und zeigt seinen amtlichen Schein vor.

Der Karl Meier brummt etwas Unverständliches und geht seiner Wege. Als er nach einer Weile zurückkommt, bietet sich ihm folgendes Bild: Der Herr Landvermesser vom Katasteramt rennt, als gelte es sein Leben, denn hinter ihm her stürzt ein wütender Bulle. Hilfesuchend winkt der Beamte dem Bauern Karl Meier zu. Karl ruft.

„Wies em doch dien Schien" Wies em doch dien Schien!"

Das Teepunschlied
(nach der Melodie von „Wo die Nordseewellen trecken an den Strand...")

Wo der Teepunsch uns erheitert das Gemüt
und der Duft uns lieblich um die Nase zieht,
wo den Punsch man reicht uns zum Willkommensgruß,
dor is miene Heimat, dor bin ik to Hus.

An der Mosel, an der Nahe und am Rhein,
auch am Neckar gibt's den schönen goldnen Wein.
Doch im Norden an der wildbewegten See
gibt's den guten inhaltsschweren Köm und Tee.

Mag das Leben auch nicht immer rosig sein,
stellt das Schicksal uns auch plötzlich mal ein Bein,
dann nicht gleich verzagen, habt nur frohen Mut!
Trink den guten Teepunsch, dann wird alles gut.

Wo in Freundeskreis ein frohes Lied erklingt,
und der Teepunsch golden in den Tassen blinkt,
wo man Teepunsch reicht als letzten Abschiedsgruß,
dor is miene Heimat, dor bin ik to Hus.

Autor nicht bekannt

Weihnachts - Walnusskuchen

Zutaten Teig:
3 Tassen Mehl, 2 Tassen Mondamin, Prise Salz,
4 Esslöffel Sahne, 200 g zimmerwarme Butter, 2 Teelöffel Zucker, 2 Eigelb

Zutaten Belag:
400 g grob gehackte Walnüsse, 200 g Zucker, 200 ml Sahne

Zubereitung:
Aus Mehl, Mondamin, Salz, Sahne, Butter, Zucker und zwei Eigelb einen Teig kneten. Eine viertel Stunde den Teig in den Kühlschrank stellen. Eine Springform mit Backpapier auskleiden. Ich nehme etwas Margarine auf die Finger und setze einige Punkte damit in die Springform. Daran haftet das Backpapier dann.

Zwischen zwei Backpapieren wird die Hälfte des Teiges mit der Holzrolle ausgerollt. Wenn es geht, eine schöne runde Form rollen. Das obere Backpapier entfernen. Der Teig auf dem unteren Backpapier insgesamt mittig in die Form legen und der Teig sollte auch an den Rändern ca. 1 cm hoch stehen.
Für den Belag die 200 g Zucker in einer Pfanne ohne Fett karamellisieren. Die gehackten Walnüsse dazu geben. Mit der Sahne vorsichtig ablöschen.
Sofort die Masse auf den Teig in der Springform geben, da die Masse sehr schnell fest wird.
Jetzt die zweite Hälfte des Teiges ausrollen und als Teigplatte auf den Belag legen. Bei 180° C Ober- und Unterhitze den Backofen vorheizen. Dann ca. 45 Minuten backen. Evtl. nach halber Backzeit mit Backpapier abdecken..

Wer ist blind?
Der eine andere Welt nicht sehen kann.
Wer ist stumm?
Der zur rechten Zeit nicht liebes sagen kann.
Wer ist arm?
Der von allzu heftigem Verlangen Gequälte.
Wer ist reich?
Dessen Herz zufrieden ist.

Zimtplätzchen

Zutaten:
125 g Butter, 1 Ei, 125 g Puderzucker, 1 Teelöffel gemahlenen Zimt, 200 g Mehl

Zubereitung:
Die zimmerwarme Butter mit dem Ei und dem Puderzucker schaumig schlagen.
Zimt und Mehl unterrühren.
Ein Backblech mit Backpapier auslegen. Den Teig in einen Spritzbeutel geben, ohne Tülle drauf.
Jetzt kleine Häufchen auf das Backpapier setzen.
In den auf 180° C Ober- und Unterhitze vorgeheiztem Backofen schieben und ca. 10 Minuten backen.

Zimtfutjes

Zutaten:
½ l Milch, 125 g Hartweizengrieß, 2 Teelöffel Butter, 1 Teelöffel Salz, 5 Eier, ½ Würfel Hefe, 1 Esslöffel Zucker, 250 g Mehl, 1 ½ Teelöffel Zimt, Biskin zum Ausbacken

Zubereitung:
Die Hefe mit einem Esslöffel Zucker in einer Tasse zusammen anrühren, bis sich die Hefe verflüssigt. Einen halben Liter Milch mit einem Teelöffel Salz und zwei Teelöffeln Butter zum Kochen bringen. 125 g Hartweizengrieß unter Rühren einrieseln lassen. Kurz aufkochen und die Grießmasse in eine größere Schüssel geben. Sofort die fünf Eier dazugeben und unterschlagen. Das Mehl hinein geben,

die angerührte Hefe in eine Mulde füllen. Das Mehl mit dem Zimt zusammen in die Teigmasse rühren. Die Schüssel mit einem Handtuch abgedeckt an einen warmen Ort stellen. Ca. eine Stunde den Hefeteig gehen lassen.
Das Biskin in einen Topf geben und erwärmen. Nicht kochen lassen. Jetzt einen Esslöffel in das Fett tauchen und damit einen Löffel Teig in das Fett gleiten lassen. Durch das Eintauchen des Löffels bleibt der Teig nicht am Löffel kleben. So viele Futjes in das Fett schwimmend geben, das im Topf noch Platz bleibt, die Futjes zu wenden, bis sie goldbraun gebacken sind.
Warm in Zucker gedippt ein Hochgenuss.

Ein bißchen Grütze
unter der Mütze
ist gar viel nütze.
Aber ein fröhliches Herz
unter der Weste -
das ist das Allerbeste.

Weihnachtskaffee

Zutaten:
4 cl Eierlikör, aufgebrühten Kaffee, 1 Stück Würfelzucker, geschlagene Sahne

Zubereitung:
Eine Tasse mit etwas heißem Wasser erwärmen. Wasser auskippen und sofort ein Stück Würfelzucker und 4 cl Eierlikör einfüllen. Die Tasse mit aufgebrühtem Kaffee füllen. Mit einem großen Klecks geschlagene Sahne bedecken.

Gute Logik

Egon geht in die erste Klasse seiner Dorfschule. Die Schulstunde beginnt bei Lehrer Witt.
Egon meldet sich sofort.
„Herr Witt, kann man für etwas bestraft werden, was man nicht getan hat?"
„Natürlich nicht", sagt Lehrer Witt, „aber warum fragst du?"
„Das ist sehr gut. Ich habe nämlich meine Hausaufgaben nicht gemacht."

Spekulatius

Zutaten:
250 g Mehl, 125 g Zucker, 100 g zimmerwarme Butter, 1 Ei, 1 Messerspitze Hirschhornsalz, 50 g gemahlene Mandeln, 1 Messerspitze Zimt, 1 Messerspitze Nelken, 1 Messerspitze Kardamom

Zubereitung:
Das Mehl mit dem Zucker, den gemahlenen Mandeln, dem Hirschhornsalz und den Gewürzen mischen. Zimmerwarme Butter und ein Ei dem Gemisch zugeben und mit den Händen zu einem Teig kneten. Den fertigen Teig für einige Zeit in den Kühlschrank legen.
Den Teigkloß zwischen zwei Bogen Backpapier legen und mit der Kuchenrolle ca. 3 mm dick ausrollen. Entweder Figuren ausstechen oder mit dem Messer Rauten ausschneiden.
Auf ein mit Backpapier ausgelegtes Backblech legen und im auf 175° C Ober- und Unterhitze vorgeheiztem Backofen schieben. Ca. 12 Minuten backen.

Nusshupen

Zutaten:
300 g gemahlene Haselnüsse, 4 Eigelb, 1 Ei, 150 g Puderzucker, ganze Haselnüsse zum Belegen

Zubereitung:
Vier Eigelb, ein Ei und 150 g Puderzucker mit der Küchenmaschine schön schaumig rühren. Die gemahlenen Haselnüsse unterheben. Den Teig jetzt für eine halbe Stunde ruhen lassen.
Den Backofen auf 190° C Ober- und Unterhitze vorheizen.
Ein Backblech mit einem Bogen Backpapier belegen. Mit zwei Teelöffeln kleine Teighäufchen darauf setzen. Jedes Teighäufchen mit einer Nuss krönen.
Ca. 12 - 15 Minuten backen.

Immer wenn Du meinst, es geht nicht mehr,
kommt von irgendwo ein Lichtlein her;
dass Du es noch einmal wieder zwingst
und von Sonnenschein und Freude singst,
leichter trägst des Alltags harte Last
und wieder Kraft und Mut und Glauben hast.

Der Mensch braucht ein Plätzchen,
und ist es noch so klein,
von dem er kann sagen, sieh, dies hier ist mein!
Hier leb ich, hier lieb ich, hier ruh ich mich aus,
hier ist meine Heimat, hier bin ich zu Haus.

Dor liggt een lütt Huus

Dor liggt een lütt Huus, alleen an de Diek,
mit Reit op`n Dack, scheve Bööm an de Siet.
De Snee leggt sik sinnig op allen`s hindaal,
dat süht richti schmuck ut, wie in`t Märchen op mol.
Man meent op eenmol, de Welt de blifft stohn,
Glocken kling`n vun Dörp her, un ik will nu gahn
de ganze Diek lang, bit ran an de See,
dor bün ik ganz bi mi, wenn ik stapp dör de Snee.

Silke Hars

Mien Mama

As ik weer noch lütt, Mama,
dor weer allen`s so schön, Mama,
du weerst ümmer för mi dor, Mama.
To Wiehnachten neemst du mi in de Aarms, Mama,
ik harr keen Angst un dat weer so schön warm, Mama.
Du hest mi prägt, dorum bün ik so wurrn, Mama,
dat is dat Beste, wat du mi schenkt hest, Mama.
Leider büst du nich mehr dor, Mama,
awer för mi büst du överall.

Silke Hars

Een Johr vergeiht so gau,
nu is dat wedder sowiet,
ik wünsch een schöne Wiehnachtstied.
Un besonners uk,
dat is wull kloor,
dat Beste för dat Nie Johr.

Zum weisen Sokrates kam einer gelaufen:
„Höre Sokrates, das muss ich dir erzählen, wie dein Freund...."

„Halt ein!" unterbrach ihn der Philosoph, „hast du das, was du mir sagen willst, durch die drei Siebe gesiebt?"

„Drei Siebe?" fragte der andere voller Verwunderung.

„Ja, guter Freund, drei Siebe! Lass sehen, ob das, was du mir zu sagen hast, durch die drei Siebe hindurchgeht. Das erste Sieb ist die Wahrheit. Hast du alles, was du mir sagen willst, geprüft, ob es wahr ist?"

„Nein, ich hörte es erzählen und..."

„So, so! Aber sicher hast du es mit dem zweiten Siebe
geprüft. Es ist das Sieb der Güte ist das,
was du mir erzählen willst, wenn es schon nicht wahr
erwiesen ist, so doch wenigstens gut?"
Zögernd sagt der andere:
„Nein, das nicht, im Gegenteil..."
„Hm, hm!" unterbrach ihn der Weise, „
so lass uns auch das dritte Sieb noch anwenden
und lass uns fragen, ob es notwendig ist, mir
das zu erzählen, was dich so erregt!"
„Notwendig nun gerade nicht..."
„Also", lächelte Sokrates, „wenn das,
was du mir erzählen willst, weder wahr noch
gut noch notwendig ist, so lass es begraben
sein und belaste dich und mich nicht damit!"

Mürbeteigplätzchen

Zutaten:
100 g Butter, 200 g Mehl, 75 g Zucker, 1 Ei,
1 Päckchen geriebene Zitronenschale, 1 Päckchen Vanillezucker

Zubereitung:
Aus zimmerwarmer Butter, Mehl, Zucker, Ei, Zitronenschale und Vanillezucker einen Teig kneten. Für eine Stunde den Teig in den Kühlschrank stellen. Dann noch einmal kurz durchkneten und auf einer bemehlten Arbeitsfläche ausrollen. Plätzchen ausstechen und die Plätzchen auf ein mit Backpapier ausgelegtes Backblech legen. Im vorgeheiztem Backofen auf 190° C Ober- und Unterhitze ca. 12 – 15 Minuten backen.

Wo sie recht hat, hat sie recht!

Mäusemama und Tochter gehen spazieren.
Eine hungrige Katze begegnet ihnen.
„Wauwau!" piepst die Mäusemama. Die
Katze rennt vor Schreck davon.
„Siehst du, mein Kind, wie recht ich
habe", spricht die Mäusemama,
wenn ich dir immer sage:
„Eine Fremdsprache muss man
beherrschen."

Ja, die Weihnachtstage die sind lustig

Ja, die Weihnachtstage, die sind lustig,
ja, die Weihnachtstage, die sind schön,
da kann man die komplette Verwandtschaft
mal auf einem Haufen sehn.

Von überall, aus nah und fern,
kommen sie zu uns gefahren,
alle haben sie ihr bestes Schapptüüch an
und haben uns etliches zu sagen.

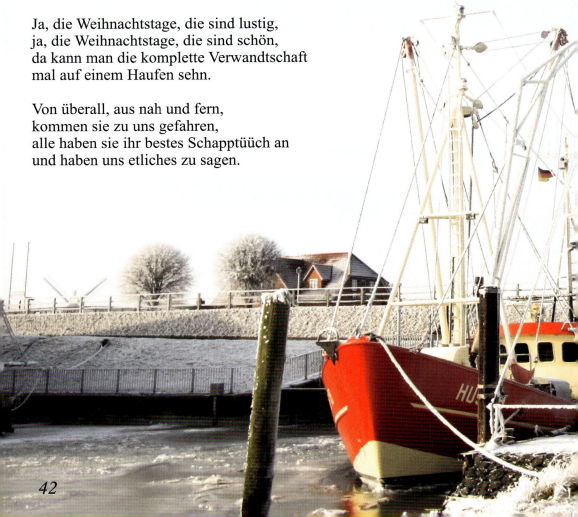

Dann das Essen, gut und reichlich,
auch die Schnäpse nicht zu knapp,
jeder legt jetzt in den Weihnachtstagen
seinen Schlankheitsfimmel ab.

Dann kommen die Geschenke auf den Tisch,
ganz viele, entweder groß oder auch klein.
Gebrauchen können wir davon fast nichts,
aber das muss wohl so sein.

Zum Glück ist Weihnachten nur einmal im Jahr,
das werden sie wohl unterschreiben,
denn so nett die Verwandtschaft auch immer ist,
sie soll bloß nicht so lange bleiben.
                                                    Silke Hars

Nuss-Lieblingsplätzchen (ohne Mehl gebacken)

Zutaten:
40 g Butter, 100 g geröstete gemahlene Haselnüsse (im Bioladen),
2 gehäufte Esslöffel Zucker, geröstete ganze Haselnüsse (im Bioladen)

Zubereitung:
Butter mit den gerösteten gemahlenen Haselnüssen und den zwei Esslöffeln Zucker kneten. Geht ganz schnell. Kleine Teighäufchen formen und in die Mitte eines jeden Plätzchens eine geröstete Haselnuss setzen.
Etwas eindrücken. Die Teighäufchen auf ein mit
Backpapier ausgelegtes Bachblech platzieren.
Bitte etwas Abstand zwischen den
Teighäufchen lassen, da sie etwas auslaufen.
In den auf 200° C Ober- und Unterhitze
vorgewärmten Backofen schieben und ca.
13 bis 15 Minuten backen.

Butternüsschen

Zutaten:
250 g zimmerwarme Butter, 80 g Puderzucker, 3 Päckchen Vanillezucker, 3 Esslöffel Rum, 350 g Mehl, ½ Teelöffel Backpulver

Zubereitung:
Die zimmerwarme Butter mit dem Puderzucker und dem Vanillezucker schaumig schlagen. Drei Esslöffel Rum dazugeben. Mehl und Backpulver unterkneten. Eine Stunde den Teig in den Kühlschrank stellen.
Ein Backblech mit Backpapier auslegen und den Backofen auf 190° C Ober- und Unterhitze vorheizen. Mit den Händen aus dem Teig kleine Nüsschen formen und auf das Backpapier setzen.
Ca. 10 Minuten backen und mit Puderzucker bestreuen

Ach, du lieber Nikolaus

Ach du lieber Nikolaus,
Komm ganz schnell in unser Haus.
Hab so viel an dich gedacht,
hast mir doch was mitgebracht?

Kumm her na mi

Kumm her na mi,
ik hol di bi.
Lehn di an mi an,
ik hol di in mien Arm.
Si nich alllto truri,
laat uns lachen tosomen.
Dat deiht uns goot,
ik freu mi ob dien Komen.

Silke Hars

De Wiehnachtsmann

In de Oktober fangt de Wiehnachtsmann an to organiseern,
de ganze Engelschaar helpt eem un deit dat ganz geern.
De Schlitten mutt ölt warrn, de Steveln warrn putzt,
de Wiehnachtsmann sien Mantel ward flickt, sien Boort ward stutzt.
In de November ward Tied, dat de Geschenke komm't ran,
för all de Kinner op de Welt, ik kann di seggn, man oh man.
Un uk de Öllern, Oma und Opa un jedeen op de Welt
hett sein eegene Wünsche, un hebbt dat de Wiehnachtsmann vertellt.
He is ordentli an't Schwitzen un gau is de Dezember dor
nu ward Tied, de Sack ward packt un los geiht de Fohrt.
All tövt se an`t Wiehnachtsobend, de Oogen sünd groot,
de Meesten mööt een Gedicht opseggn, de Lütten bruken ordentli Moot.
De Wiehnachtsmann blifft ruhig, he schafft sien groote Tour,
aver glööv mi, wenn Wiehnachten ween is, geiht he erstmol to Kur.

Silke Hars

Das Orchester

Die Mama spielt die Flöte,
der Papa spielt den Bass.
Die Oma betätigt das Becken,
der Opa gar nichts macht.
Die Tante bläst Trompete,
der Onkel Dudelsack.
Der Junge spielt Posaune,
das Mädchen hält alle bei Laune.
So sieht unser Orchester aus,
also Weihnachten kann kommen,
dann spielen wir für Euch auf.

Silke Hars

Der Weihnachtsmann kommt

Kaum hatte der Weihnachtsmann das Haus betreten,
wurden wir kleinen Kinder zur Tür gebeten.
Hier hat er uns dann ausführlich gerügt,
die Rute wurde geschwungen, wir waren nicht sehr vergnügt.
Der Weihnachtsmann hat uns dann ganz kurz erklärt,
was sich alles so in unserem Leben nicht gehört.
Nicht schimpfen, nicht pöbeln, immer schön artig sein
und wir sollten doch unsere Eltern stets sehr erfreun.
Wir standen stramm, die Augen ganz groß,
woher wußte dieser Mann, was bei uns war los?
Dann gab es auch noch etwas Süßes für jeden von uns,
schon war er wieder weg und wir waren ziemlich verdutzt.
Nur vier volle Tage hielt das braver sein tatsächlich an,
dann hatten wir ihn wieder vergessen, den Weihnachtsmann.

Silke Hars

Dattelhäufchen

Zutaten:
125 g Butter, 250 g kernige Haferflocken, 2 Eier, 250 g getrocknete Datteln, 100 g Zucker, 2 Päckchen Vanillezucker, ½ Teelöffel Backpulver

Zubereitung:
Die Butter bei geringer Hitze schmelzen lassen. In die lauwarme flüssige Butter die Haferflocken unterrühren. Vom Herd nehmen und abkühlen lassen. Die Dattelsteine entfernen und das Dattelfleisch in kleine Stücke schneiden. Die Eier mit dem Zucker und dem Vanillezucker schaumig rühren. Die abgekühlte Butter-Haferflockenmasse mit dem Backpulver und den Dattelstücken unter die Eimasse rühren. Ein Backblech mit Backpapier auslegen. Den Backofen auf 175° C Ober- und Unterhitze vorwärmen. Mit zwei Teelöffeln werden jetzt kleine Teighäufchen auf das Backpapier gesetzt. 15 – 20 Minuten backen.

Weihnachts-Kaffeetorte

Zutaten Teig:
7 Eier, 150 g Zucker, 60 g Speisestärke, 70 g Mehl, 40 g Kakao,
½ Päckchen Backpulver

Zutaten Torte:
900 ml 35 %-ige Konditorsahne, 4 Esslöffel Zucker,
½ Glas Preiselbeeren, 3 Teelöffel Kaffee-Instantpulver, 3 cl Rum

Zubereitung:
Sieben Eiweiß steif schlagen. 150 g Zucker einrieseln lassen. Die sieben Eigelbe vorsichtig unterheben. Speisestärke, Mehl und Backpulver mischen und vorsichtig unter den Teig heben. In eine gefettete Springform füllen und bei 160° C Ober- und Unterhitze 45 Minuten backen.

Nach dem Erkalten den Tortenboden zweimal waagerecht durchschneiden. Den unteren Teil auf eine Tortenplatte legen. Einen Tortenring umlegen. Die Konditorsahne mit vier Esslöffeln Zucker steif schlagen. Ein Drittel der Sahne abnehmen und mit einem halben Glas Preiselbeeren mischen. Auf den unteren Tortenboden füllen und verteilen. Den zweiten Tortenboden auflegen. 3 cl Rum in eine Schüssel geben, mit drei Teelöffeln Kaffee-Instantpulver vermengen und mit dem zweiten Drittel der geschlagenen Sahne vermengen. Auf den zweiten Boden verteilen. Den Tortendeckel auflegen und die restliche Sahne verteilen und etwas verzieren.

Kleine Probleme

Die junge Mutter Hannah war mit ihrem kleinen dreijährigem Sohn Peter auf dem Spielplatz. Es ist Winter und es hat viel Schnee gegeben. Die Kleinen sind am Spielen und machen eine Schneeballschlacht. Peter merkt schon länger, dass er das kleine Geschäft machen muss.
Er rennt zu seiner Mama.
Die versucht auf die Schnelle, seine Hose aufzuknöpfen und fingert in seiner Hose.
„Jedes mal, wenn es so schnell gehen soll, finde ich ihn nicht", sagt die Mama.
Und Peter ganz trocken: „Du hast ihn aber zuletzt gehabt, Mama".

Leve gode Wiehnachtsmann

Leve gode Wiehnachtsmann,
kumm man gau vörbi,
de Kinner töben all op di,
dat is mol wedder Tied.

Bring uns schöne Saken mit,
unse Wünsche sünd nich groot.
Wi sünd mit wenig uk tofreden,
hem för Överkandideltes nix an de Hoot.

Wi hoff, dat veele Minschen op de Welt
dat ebenso wie wi uk sehn,
denn hett dat Hetzen un Geld utklein
villicht uk bald een Enn.

Silke Hars

Advents-Blechkuchen

Zutaten Teig:
6 Eier, 350 g Zucker, 1 Vanilleschote, 250 g Butter,
1 Päckchen Backpulver, 300 g Mehl, 6 Esslöffel Sahne

Zutaten Belag:
400 g Mandelblätter, 250 g Butter, 300 g Zucker, halben Teelöffel Zimt,
5 Esslöffel Sahne, 4 Esslöffel Mehl

Zubereitung:
Sechs Eier mit 350 g Zucker schaumig dick schlagen. Vanilleschote auskratzen und zugeben. Die zimmerwarme Butter in Flöckchen zugeben. Mehl, Zimt und Backpulver mischen und mit den sechs Esslöffeln Sahne zu dem Teig geben und gut rühren.

Wenn der Rührteig fertig ist, das Backblech mit Backpapier auslegen und den Teig darauf verteilen. Im vorgeheiztem Backofen bei 200° C Ober- und Unterhitze ca. 15 Minuten backen. Danach das Backblech aus dem Backofen nehmen.
In der Zwischenzeit 250 g Butter mit 300 g Zucker und den 400 g Mandelblättchen in einen Topf geben und bei mittlerer Hitze die Butter schmelzen lassen. Es darf nicht kochen.
Zum Schluss die fünf Esslöffel Sahne und vier Esslöffel Mehl unterrühren.
Noch heiß wird dieser Belag auf den vorgebackenen Kuchen verteilt.
Weitere 15 Minuten bei 200° backen.

Heiligabend auf der Hallig

Es war an Heiligabend
auf der Hallig bei Windstärke 10.
Die Nordsee war heftig am Tosen
und die Warften waren nicht mehr zu sehn.
Eine Sturmflut an diesem heiligen Tag,
der Wind heulte und schrie.
Schaumkronen auf dem schwarzen Wasser,
das Wasser stieg und stieg.

Wir saßen still und andächtig am Ofen
und lauschten dem Sturm und der See.
Die Sturmflut ging nachts dann von dannen
und wir saßen immer noch beim Tee.
Dieses Weihnachtsfest werde ich nie vergessen,
auf der Hallig, eingeschlossen vom Meer,
die Menschen sind etwas ganz besonderes
und ich liebe meine Heimat sehr.

Silke Hars

Der rote Mann

Wir feiern heut Weihnachten, ist das nicht wunderschön,
da gibt es endlich mit dem Weihnachtsmann ein Wiedersehn.

Schon lange haben wir uns auf diesen Tag gefreut,
denn der Weihnachtsmann den langen Weg zu uns nicht scheut.

Denn ganz, ganz viele Jahre schon kommt dieser alte Mann,
es wundert mich wirklich, das er das jedes Jahr wieder kann.

Er sieht immer gleich aus, nur manchmal etwas dicker,
aber für den richtigen Weihnachtsmann ist das auch wesentlich schicker.

Den Bart trägt er manchmal lang und manchmal auch kurz,
doch den Kindern auf dieser Welt ist das völlig schnurz.

Hauptsache der Sack ist voll und auch groß,
dann kann er kommen und die Bescherung geht los.

Wie kann es angehn, dass so ein roter Mann,
den einen Tag im Jahr so absolut bestimmen kann.

Denn jeder freut sich, wenn der Weihnachtstag ist da,
danach müssen wir wieder warten ein ganzes langes Jahr.

Silke Hars

Kintjes-Tüch
Gebackene Figuren für einen Friesenbaum oder Tannenbaum

Zutaten:
175 g Wasser, 300 g Zucker, 50 g zimmerwarme Butter, 575 g Mehl, ½ Teelöffel Hirschhornsalz, rote Lebensmittelfarbe

Zubereitung:
175 ml Wasser mit 300 g Zucker zusammen in einen Topf geben und aufkochen lassen. Von der Platte nehmen und abkühlen lassen, bis es lauwarm ist.
Die Butter in das lauwarme Zuckerwasser geben. Das Mehl mit dem Hirschhornsalz vermengen und in das Zuckerwasser einkneten. Es sollte einen geschmeidigen Teig geben. Sonst noch etwas Mehl hinzufügen.
Diesen fertigen Teig über Nacht ruhen lassen. Am nächsten Tag wird der Teig auf einer bemehlten Fläche ca. 4 mm dick ausgerollt.

Es können verschiedene Formen ausgerädert werden. Entweder man macht es freihändig oder man schneidet sich vorher aus einfachem Papier Schablonen zu. Wer die Figuren aufhängen will, sollte sofort ein kleines Loch zum Aufhängen in den Teig stechen.
Die ausgeschnittenen Figuren werden auf ein mit Backpapier ausgelegtes Backblech gelegt und bei 200° C Ober- und Unterhitze gebacken.
Das Kintjes-Tüch sollte nicht braun werden.
Nach dem Abkühlen kann man selber, oder die Kinder, die Figuren mit roter Lebensmittelfarbe bemalen. Nach einigen Tagen werden die Figuren sehr hart und können dann aufgehängt werden.
Nach der nordfriesischen Tradition werden folgende Motive ausgeschnitten: Adam und Eva, zwei Fische, ein Mann, eine Frau, ein Hahn, ein Pferd, eine Kuh und eine Windmühle.
Diese kommen dann in den Friesenbaum.

Wi wööt uns nix schenken!

Mien Fruu, de hett seggt,
wi wööt uns nix schenken.
Ik glööv dat nich so recht,
mutt ümmer doran denken.
Wenn Wiehnachtsobend dann is dor
un ik heff mi dorop verlaaten,
krieg ik doch een poor Soken vun eer,
heff wuss, dor is een Haken.
Denn ik harr nix för eer,
nich mol een lütte Bloom.
Dann wokte ik op eenmol op:
dat weer to`n Glück bloß`n Droom.

Silke Hars

Unser Norden

„Moin, moin", sagt man bei uns im hohen Norden,
egal zu welcher Tageszeit.
Und „Klei mi an de Moors", wenn wir mit einem Menschen
mal wieder liegen im Streit.
„Wat mutt, dat mutt", das sagen wir ganz oft am Tag,
es ist unsere norddeutsche Devise.
Und „Kopp hoch, dat warrd", sagen wir zu Freunden,
wenn sie durchleben eine Krise.
Beim Abschied hört man „Tschüs" aus aller Munde,
bei uns lebt es sich wirklich gut.
Wenn du jetzt auch so „snacken" möchtest, leg einfach los
und hab ein wenig Mut.

Silke Hars

Rut ut de Puuch

Rut ut de Puuch, sä mien Mama,
as ik weer een lütte Deern.
Man gau inne Plünn, giv mi`n Sööten,
ik heff di geern.

Rin in de Puuch, sä later mien Fründ,
as ik weeer een junge Deern,
man gau ut de Plünn, laat uns kuscheln,
ik heff di bannig geern.

Rut ut de Puuch, sä letztens mien Mann,
kumm langsam op de Been,
bliev blots bi mi, war nich krank,
laat mi blots nich alleen.

Rin in de Puuch, sä mien Dokter,
as ik weer tämli krank,
ruh di schön ut, war gau gesund,
denn büs bald wer mittenmang.

Rin in de Puuch un rut ut de Puuch,
so is dat de ganze Levenstied,
bit to`n letzten Dag, dor liggst för ümmer
un dat is groote Schiet.

Silke Hars

Sahne-Likör

Zutaten:
250 g braunen Zucker, ¾ l 35%-ige Konditorsahne, 4 Vanilleschoten, ½ l Whiskey

Zubereitung:
Den brauen Zucker in einem Topf bei mittlerer Hitze schmelzen lassen. Die Konditorsahne zugießen und rühren. Die Sahne zugießen und unter Rühren zum Kochen bringen. Das ausgekratzte Vanillemark zufügen. Der Zucker muss geschmolzen sein.

Von der Herdplatte ziehen und abkühlen lassen. Durch ein Teesieb gießen.
Den Whiskey unter ständigem Rühren unter die kalte Sahnemasse rühren.
In zwei große Flaschen füllen und in den Kühlschrank stellen.
Hält ungefähr im Kühlschrank zwei Wochen.
Wenn sie weniger Gäste haben, nehmen sie die halbe Menge der Zutaten.

Zum Neuen Jahr in jedem Falle -
viel Glück für Dich - und für Euch alle!

Ich bring zum ersten Januar
euch meine schönsten Wünsche dar:
Bleibt glücklich und heiter,
und liebt mich weiter!

Dat ole Johr is nu vörbi!

Dat ole Johr is nu vörbi,
wat mach dat Niee uns woll bringn?
Man god, wi weet dat nich,
all Slechte laat wi links lingn.
Op dat Goode freun wi uns,
dorvun kann`t nich genoog geven,
denn all de Minschen freun sik doch,
wenn se könt noch`n beten leven.

Silke Hars

Weitere interessante Bücher aus dem Cobra Verlag - www.cobraverlag.de

Wiehnachten is wedder dor!
Weihnachtliches
aus dem Norden € 6,90
ISBN 978-3-937580-34-0

Wiehnachten op´t Land
Weihnachtliches
aus dem Norden € 6,90
ISBN 978-3-937580-50-0

Lachen unter`m Tannenbaum
Geschichten & Anekdoten
978-3-937580-61-6
€ 6,90

Bunten Stuten, Appelschmolt & Püttjergrütt € 6,90
Rezepte in hoch- und plattdeutsch
ISBN 978-3-937580-77-7

Amrum
Rezepte aus der Inselküche
ISBN 978-3-937580-47-0
€ 6,90

Dünentorte, Friesenbeutel & Silkes Blaubeerkuchen
Torten und Kuchen aus der Küstenküche
ISBN 978-3-937580-80-7
€ 6,90

Tote Tante, Trümmertorte & Verdrehte Jungs
Torten und Kuchen € 6,90
aus der Küstenküche
ISBN 978-3-937580-55-5

Friesentorte, Futjes & Fraukes Teekekse
Torten und Kekse € 5,90
aus der Küstenküche
ISBN 978-3-937580-32-6

Nordstrand
Leckere Rezepte
aus der Küstenküche
ISBN 978-3-937580-81-4
€ 6,90

Pharisäertorte, Teepunsch & Schwiegermutterkuchen
Torten und Kuchen
aus der Küstenküche € 6,90
ISBN 978-3-937580-71-5

Sylt
Rezepte aus der Inselküche
ISBN 978-3-937-580-40-1
€ 6,90

Apfelstuten, Labskaus & Würziger Ritter
Rezepte mit Ei € 6,90
ISBN 978-3-937580-64-7

Kürbis, Kohl & Rote Bete
Das Gemüsekochbuch für alle,
Vegetarier, Veganer und
Gemüseliebhaber € 6,90
ISBN 978-3-937580-73-0

Ostfriesland
Rezepte aus der Küstenküche
ISBN 978-3-937580-59-3
€ 6,90

Wickeltorte, Wolkentraum & Heinke`s Möwenschiss
Tortenrezepte € 6,90
ISBN 978-3-937580-62-3

Föhr
Rezepte aus der Inselküche
ISBN 978-3-937580-85-2
€ 6,90

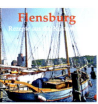
Flensburg
Rezepte aus der Küstenküche
ISBN 978-3-937580-68-5
€ 6,90

Angeln
Rezepte aus der Küstenküche
ISBN 978-3-937580-74-6
€ 6,90

St. Peter-Ording
Rezepte aus der Küstenküche
ISBN 978-3-937580-82-1
€ 6,90

Langeoog
Rezepte aus der Inselküche
ISBN 978-3-937580-76-0
€ 6,90